Un mystérieux Pokémon

© Hachette Livre, 2012 pour la présente édition. Tous droits réservés.
Novélisation : Natacha Godeau.
Conception graphique : Valérie Gibert & Philippe Sedletzki.

Hachette Livre, 58, rue Jean Bleuzen, 92178 Vanves cedex.

POKÉMON™

NOIR & BLANC

Un mystérieux Pokémon

hachette
JEUNESSE

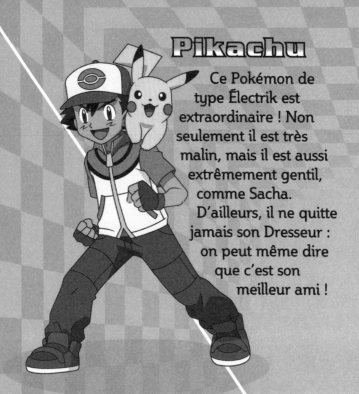

Pikachu

Ce Pokémon de type Électrik est extraordinaire ! Non seulement il est très malin, mais il est aussi extrêmement gentil, comme Sacha. D'ailleurs, il ne quitte jamais son Dresseur : on peut même dire que c'est son meilleur ami !

Sacha

Sacha vient de Bourg Palette, un petit village dans la région de Kanto. Il parcourt le monde pour accomplir son rêve : devenir un Maître Pokémon. Mais avant ça, il doit s'entraîner à devenir le meilleur Dresseur ! Et il est sur la bonne voie : c'est un garçon tellement gentil que tout le monde veut devenir son ami, même les Pokémon qu'il rencontre !

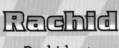

Rachid

Rachid est un expert en Pokémon :
il connaît presque tout à leur sujet.
Pourtant, il n'en attrape pas
beaucoup ! En réalité,
ce qui l'intéresse
vraiment,
c'est de
rire avec
ses amis. Et
encore plus
de leur faire
des petits
plats…

Iris

Iris n'a peur de rien, et certainement
pas de dire ce qu'elle pense ! Dès qu'elle
trouve quelque chose mignon, la jeune
fille le veut… surtout si c'est un Pokémon !

Feuillajou

Tout comme son Dresseur Rachid, Feuillajou est gentil et toujours prêt à aider ceux qu'il apprécie. Ce Pokémon Singe Herbe de type Plante peut en guérir d'autres grâce aux feuilles qui poussent sur sa tête.

Coupenotte

Coupenotte est un Pokémon de type Dragon. Il suit Iris partout où elle va. C'est un Pokémon qui fait tout son possible pour aider les autres.

La Team Rocket

Jessie,
James et le Pokémon
parlant Miaouss forment un trio
diabolique. Ils passent leur temps
à essayer de voler des Pokémon !
Cette fois, c'est leur chef, Giovanni,
qui leur a donné la mission d'attraper
le plus de Pokémon possible à Unys
pour monter une armée…

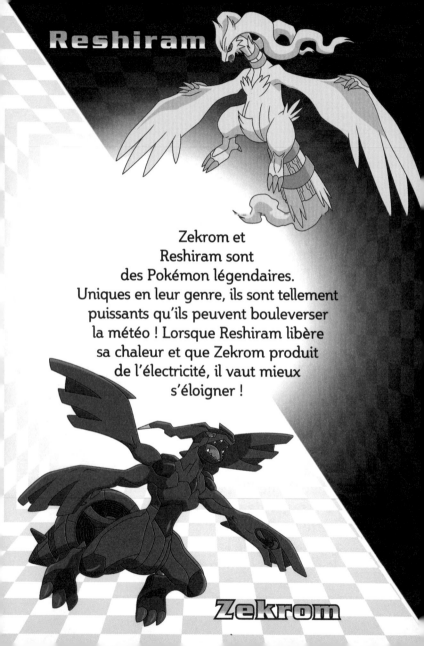

Reshiram

Zekrom et
Reshiram sont
des Pokémon légendaires.
Uniques en leur genre, ils sont tellement
puissants qu'ils peuvent bouleverser
la météo ! Lorsque Reshiram libère
sa chaleur et que Zekrom produit
de l'électricité, il vaut mieux
s'éloigner !

Zekrom

Chapitre 1

Au Club de Combat

Sacha ne regrette pas sa décision : son voyage dans la région d'Unys se déroule très bien ! Il a déjà rencontré Iris, qui est devenue son amie, et Moustillon, un Pokémon de type Eau, l'a choisi pour

Dresseur. Bien sûr, Sacha souhaite en attraper beaucoup d'autres, pour remporter le défi de la Ligue Pokémon de la région d'Unys. Mais il doit aussi gagner de nombreux duels en chemin... à commencer par ceux de l'Arène d'Ogoesse !

— On est arrivé ! annonce-t-il gaiement en apercevant une ville.

Pikachu se réjouit :

— Pika-aa !

— Désolée, les amis, mais

ça, c'est Arabelle, le contredit alors Iris. Ogoesse, c'est plus loin.

Sacha grimace. Quelle déception !

— Rho, j'avais tellement hâte de faire un combat Pokémon !

— Tu n'as qu'à m'accompagner au Club de Combat Pokémon, dans ce cas ! s'exclame Iris.

Le garçon la dévisage avec curiosité. Elle éclate de rire :

— Mon pauvre Sacha ! Décidément, tu ne connais rien de rien ! Allez viens, je vais te montrer...

Le Club de Combat Pokémon se trouve dans un immense bâtiment de verre.

Iris conduit ses amis à une borne d'accueil électronique située dans le vestibule avant d'appuyer sur une touche. Aussitôt, les profils des Dresseurs présents au Club apparaissent à l'écran et tous leurs Pokémon y sont décrits en détail.

— Tu vois, Sacha : grâce à ce logiciel, tu peux sélectionner le Dresseur que tu souhaites affronter. C'est l'avantage du Club de

Combat : tu peux t'entraîner autant que tu le veux pour les Combats d'Arène. Suis-moi !

Iris pénètre dans le gymnase. Deux Dresseurs sont justement sur le point de se battre en duel.

Afin de s'informer sur leurs Pokémon respectifs, Sacha tire son Pokédex de sa poche. La machine annonce :

— Voici Lianaja, un Pokémon de type Plante. Ce Pokémon Serpenterbe est la forme évoluée de Vipélierre. Il neutralise ses adversaires à coups de lianes. L'autre Pokémon est Mateloutre, un type Eau. Cette forme évoluée de Moustillon maîtrise l'art du coupillage à l'aide de ses deux sortes de coquillages tranchants.

— Je me demande lequel va gagner... murmure Sacha d'un ton admiratif.

Pour le savoir, il n'a pas longtemps à attendre : déjà, les Dresseurs passent à l'attaque !

— Lianaja, utilise Lame-Feuille !

Le Pokémon Serpenterbe s'élance en tourbillonnant dans les airs. L'autre Dresseur riposte :

— Mateloutre, Pistolet à O !

Aussitôt, un puissant jet d'eau envoie Lianaja au tapis.

Le Directeur de Combat intervient :

— Terminé ! Emporte ton Lianaja à l'infirmerie, petit. Tu prendras ta revanche plus tard !

Le jeune Dresseur prend son Pokémon et quitte le gymnase à toute vitesse. Le Directeur se tourne ensuite vers Sacha et Iris.

— Soyez les bienvenus au Club de Combat. Je suis Don George.

— Moi, je m'appelle Iris, se présente la fillette. Et lui, c'est Sacha. Il vient de Bourg Palette, dans la région de Kanto. Et il a un Pikachu !

Le Pokémon jaune se dresse fièrement devant le Directeur de Combat qui s'extasie :

— Les Pikachu sont très rares à Unys !

Le Dresseur intervient :

— Je serais curieux de le voir se battre contre Mateloutre...

— Avec plaisir ! s'empresse d'accepter Sacha.

Il prend place face au Dresseur d'un Mateloutre, puis il ordonne :

— Pikachu, utilise Tonnerre !

Mateloutre esquive.

— Queue de Fer, puis Élec-tacle ! commande Sacha.

Cette fois, Mateloutre est touché. Mais emporté par son élan, Pikachu se cogne contre la baie vitrée... À ce moment-là, une alarme retentit dans le bâtiment.

— Qu'est-ce que c'est ? s'étonne le garçon.

— Sûrement ce mystérieux Pokémon qui s'est encore faufilé dans la réserve, répond Don George. J'y vais !

Là-dessus, il part en courant.

— Un mystérieux Pokémon ? répète Sacha. Génial !

Chapitre 2

Un étrange Pokémon

Brûlants de curiosité, Sacha et Iris rejoignent le Directeur de Combat à la réserve.

— Qu'est-ce qui se passe ? demandent-ils.

Don George explique :

— Depuis quelques jours, un Pokémon non identifié rôde dans les entrepôts du Club. Il est tellement rapide que personne n'a jamais réussi à le voir. Nous avons installé des caméras de surveillance pour tenter de le filmer. Si vous voulez, vous pouvez m'accompagner en salle de visionnage.

— Oh oui, merci !

Là-bas, un agent de sécurité règle le moniteur général, puis il met en route le film de la vidéosurveillance de la réserve. Sacha et Iris fixent l'écran, les yeux grands ouverts. Ils

distinguent trois personnes qui s'échappent de l'entrepôt, au moment où l'alarme se déclenche. Sacha s'écrie :

— Hé ! Mais je les reconnais : c'est la Team Rocket !

— Jessie, James et Miaouss, précise Iris. Ce sont d'horribles voleurs de Pokémon.

Le Directeur secoue la tête.

— En tout cas, aujourd'hui, ils n'ont pas eu le temps de nous prendre quoi que ce soit... Par contre, moi, j'ai aperçu autre chose !

Il fait signe à l'agent de sécurité de repasser le film. Cette fois, tout le monde se concentre et...

— Le Pokémon inconnu ! Regardez, il s'enfuit de la réserve juste avant la Team Rocket. Quelle vitesse ! On ne distingue que sa silhouette !

— Il est très foncé, extrêmement maigre, avec un drôle de

museau et de longues oreilles pointues, décrit Iris.

Sacha entre les données dans son Pokédex qui analyse aussitôt :

— Noctali, Pokémon Lune de type Ténèbres et forme évoluée d'Évoli. Exposés à la pleine lune, les anneaux de son pelage se mettent à scintiller.

Don George n'en revient pas.

— On n'a encore jamais croisé de Noctali sauvage dans la région d'Unys ! Il faut absolument le retrouver : ce serait une découverte scientifique de première importance !

Peu après, tout le monde cherche Noctali dans les jardins du Club de Combat. Les agents de sécurité fouillent le moindre buisson.

— Pas de Noctali du côté de

l'entrepôt, monsieur le Directeur !

— Aucune trace ici non plus, monsieur.

— Continuez ! ordonne Don George. Je veux qu'on explore chaque recoin !

Dissimulés derrière l'entrée du bâtiment, Jessie, James et Miaouss sont rassurés.

— Ouf ! Ils préfèrent attraper leur Noctali plutôt que nous... On a eu chaud !

— Du coup, on peut en profiter pour retourner voler de la nourriture ! ricane Jessie.

James hésite.

— C'est quand même risqué...

— Non, car j'ai un super plan ! confie sa complice. S'ils veulent un Noctali, on va leur en envoyer un : on déguise Miaouss, et pendant qu'ils seront occupés à le poursuivre, nous deux, on aura le champ libre pour dévaliser la réserve !

Chapitre 3

Sacha intervient

Jessie admire Miaouss. Son déguisement est parfait : on jurerait un Noctali ! Satisfaite, la jeune femme commande :

— À toi de jouer !

Puis elle court se cacher derrière un buisson avec James.

Miaouss inspire à fond. Il est prêt ! Il bondit dans l'allée principale, juste sous le nez des agents de sécurité qui s'écrient :

— Le voilà, c'est le Noctali !

Miaouss prend ses pattes à son cou, et comme prévu, les surveillants s'élancent à sa poursuite. Le Pokémon n'a plus qu'à foncer droit devant lui afin de

les éloigner de l'entrepôt à provisions...

Pendant ce temps, de l'autre côté du bâtiment, Iris et Sacha traquent eux aussi Noctali. La fillette a une idée : attirer le Pokémon affamé en semant de la nourriture pour Pokémon le long du mur. Au bout d'un moment, Sacha proteste :

— Ça suffit, ça fait au moins quinze gamelles qu'on pose par terre !

Iris l'approuve.

— Tu as raison. Le mieux, maintenant, c'est de nous séparer.

Elle pointe son index vers le fond du jardin.

— Je guetterai Noctali par là-bas. Surtout, si tu le vois le premier, préviens-moi : je tiens à l'attraper personnellement !

Sur quoi, elle tourne à l'angle de l'immeuble d'un pas affirmé. Sacha hausse les épaules.

— Iris ne doute jamais d'elle-même, c'est incroyable ! Après tout, Noctali ne se laissera peut-être pas capturer si facilement... Pas vrai, Pikachu ?

— Pika !

Soudain, Moustillon apparaît devant eux. Sacha s'esclaffe :

— Pourquoi es-tu sorti de ta Poké Ball, toi ? Tu veux participer, c'est ça ?

— Moustillon ! confirme le Pokémon.

— Bon, d'accord ! accepte le garçon. Tu vas surveiller l'entrée

de la réserve avec Pikachu. Moi, pendant ce temps, je vais me poster près de la porte du Club. À tout à l'heure !

Sacha a de la chance. Il ne patiente pas depuis long-temps dans sa planque lorsqu'une silhouette sombre s'approche tout doucement de l'une des gamelles qu'il a dépo-sées avec Iris.

— Noctali !

Fou de joie, le garçon surgit des fourrés pour l'attraper...

— Ça alors ! Le mystérieux Pokémon n'est pas du tout un Noctali ! s'exclame-t-il.

Il examine de loin le Pokémon Cochon Feu et ajoute :

— Oui, c'est bien ce que je
pensais : c'est un Gruikui, un
type Feu. Mais qu'est-ce qu'il
est sale, on distingue à peine sa
couleur ! Et puis, qu'est-ce
qu'il est maigre... Pas étonnant
qu'on l'ait confondu avec un
Noctali !

Soudain, le petit Pokémon Cochon Feu se met à pousser des cris sourds en frottant nerveusement son sabot contre son groin.

— Gruik ! Gruik !

Sacha se redresse pour mieux voir ce qui se passe. Il bredouille :

— Quelle horreur ! Quelqu'un a ligoté le museum de Gruikui ! Le pauvre ne peut plus ouvrir la gueule... Il est incapable de se nourrir, voilà pourquoi il est si maigre !

Vite, le garçon se précipite pour le délivrer. Mais Gruikui, terrorisé, s'échappe.

— Reste-là, je ne te veux aucun mal !

Attirée par le bruit, Iris arrive à son tour. Elle rejoint son ami et comprend tout de suite la situation.

— Il faut sauver ce Gruikui, Sacha !

Le Pokémon Cochon Feu a si peur d'eux qu'il fuit sans réfléchir et il se retrouve bientôt bloqué dans une impasse. Sacha se penche pour le prendre dans ses bras, mais Gruikui se débat. Il souffle

même un épais nuage de fumée noire au visage du jeune Dresseur !

— Arrête, je veux t'aider !

Sacha dénoue soigneusement la corde qui enserre le groin du Pokémon. Enfin en confiance, Gruikui accepte de se laisser nettoyer. Puis il plonge le museau dans la gamelle que lui présente Iris... et il se goinfre de croquettes !

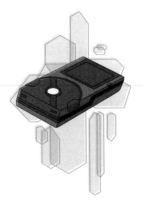

La Team Rocket contre-attaque

Gruikui va beaucoup mieux. Sacha et Iris décident donc de le ramener à l'intérieur du Club de Combat pour tout raconter au Directeur. Tandis qu'ils se dirigent vers la porte vitrée du bâtiment,

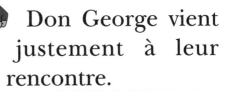

Don George vient justement à leur rencontre.

— Ah, les enfants ! Les agents ont fini par repérer le Noctali, mais en fait ce n'était qu'un Miaouss déguisé... Dommage ! Je déteste ce genre de mauvaises blagues !

— Eh bien nous, nous l'avons trouvé, votre Noctali ! annonce fièrement Iris.

Elle désigne le Pokémon Cochon Feu dans les bras de son ami et explique :

— La silhouette, sur la vidéo de la caméra de surveillance, c'était lui !

— Un Gruikui ? s'étonne le Directeur.

Sacha hoche la tête.

— Il était couvert de boue et de poussière. Et puis, il est si maigre... Le pauvre avait une corde nouée autour du groin qui devait l'empêcher de manger depuis des jours. Heureusement qu'Iris et moi l'avons délivré !

Don George se frotte pensivement le menton.

— Oui, je m'en souviens, à présent ! Ce Gruikui a été abandonné par son Dresseur un soir où il a perdu son combat...

— Abandonné ? s'indigne Sacha. Mais comment peut-on abandonner son Pokémon ? C'est affreux !

— Surtout que son Dresseur l'a attaché à un piquet avant de partir, continue le Directeur.

Je voulais le libérer, bien sûr, mais il s'est échappé avant. La corde a ensuite dû s'enrouler autour de son groin...

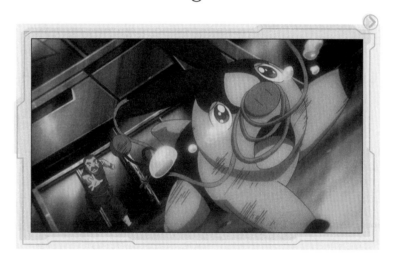

Iris serre les poings de colère.

— Et ce pauvre petit Gruikui est resté tout seul, à errer

dans les jardins du Club en espérant le retour de son Dresseur... Si jamais je le rencontre, celui-là, je lui donnerai une leçon dont il se souviendra !

De leur côté, dès que les agents de sécurité se sont lancés à la poursuite de Miaouss déguisé en Noctali, Jessie et James ont filé voler des provisions à la réserve... où Moustillon et Pikachu montaient la garde !

— Quelle chance : c'est le Pikachu de ce morveux de Sacha ! se félicite Jessie. Il n'y a personne avec lui, on peut le kidnapper. Tu imagines ça, James ? Le plus puissant des Pikachu va enfin nous appartenir !

En quelques secondes, ils enferment Pikachu dans un grand sac. Puis, James déclare :

— Ne traînons pas ici, le gamin pourrait revenir d'une seconde à l'autre. Tant pis pour la nourriture pour Pokémon, on a trouvé mille fois mieux !

Et ils sortent de l'entrepôt en courant. Seulement, surprise :

au détour du bâtiment, les bandits tombent sur Sacha, plongé en pleine conversation avec Iris et le Directeur de Combat. Le garçon donne immédiatement l'alerte :

— La Team Rocket !

Chapitre 5

En route pour Ogoesse

Jessie, James et Miaouss ne se laissent pas intimider. Ils s'immobilisent devant Sacha, et James lance :

— Depuis quand n'a-t-on pas le droit de venir s'entraîner au Club de Combat, morveux ?

— Arrêtez de mentir : on vous a vus dans la réserve ! se révolte le jeune Dresseur, furieux.

— Ah oui ? Eh bien, prouve-le !

Au même moment, Moustillon arrive en criant :

— Mousti-mous !

Il trépigne sur place et semble très énervé. Sacha fronce les sourcils.

— Qu'est-ce que tu as, Moustillon ?

Le Pokémon Loutre tend la patte en direction du gros sac de toile que Jessie porte sur son épaule. Une voix étouffée en sort :

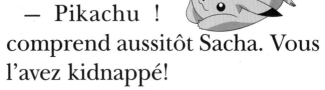

— Pik-pikapiii !

— Pikachu ! comprend aussitôt Sacha. Vous l'avez kidnappé!

— Encore des accusations injustes ! proteste James. On préfère s'en aller !

À ces mots, il s'éloigne, Miaouss et Jessie sur les talons. Sacha se précipite immédiatement vers eux.

— Moustillon ! Utilise Pistolet à O !

Le petit Pokémon virevolte dans les airs en soufflant un puissant jet d'eau. Mais Miaouss brandit la télécommande du

bouclier-ascenseur de la Team Rocket et un écran protecteur s'élève entre Moustillon et les bandits. Puis l'ascenseur s'envole, emportant Jessie, James et Miaouss, à présent hors d'atteinte.

— Non ! Revenez ! hurle Sacha, désespéré. Rendez-moi Pikachu !

— Désolé, morveux, mais on est pressé ! se moque Jessie.

Affolé, Sacha s'élance après eux. Il fonce sans regarder ses pieds, trébuche... et s'écroule sur le bitume. Gruikui se met alors à sautiller devant lui en couinant :

— Grui-kuiii !

— Oh ! interprète Sacha. Tu veux vraiment faire quelque chose pour moi ? Oh, merci, Gruikui ! Dans ce cas, utilise Flammèche !

Le Pokémon se concentre : il plisse le groin, projette un

tourbillon de feu vers le ciel...
Et, en moins d'une seconde, la
rafale brûlante désintègre le
bouclier-ascenseur !

— Aaaaaah !

La Team Rocket est propulsée
à des centaines de mètres de
là. Mais les trois bandits

possèdent un équipe-
ment ultra complet et ils
parviennent à s'enfuir à bord
de leurs deltaplanes motorisés.
Cependant, le choc éjecte
Pikachu du sac de toile, et
le petit Pokémon jaune risque
à présent de s'écraser au sol...

— Pikachu ! Non !

Sacha se met à courir de
toutes ses forces, les bras ten-
dus. Ouf : il rattrape de justesse
son ami !

— Pik-pika !

Pikachu, soulagé, frotte sa
joue contre celle du garçon.
Quelle joie, de se retrouver !

— Tu sais, Pikachu, annonce Sacha, c'est Gruikui qui t'a sauvé !

— Et devine quoi, Gruikui ? enchaîne Iris. Tu es tellement mignon que je meurs d'envie de t'adopter !

Bizarrement, le Pokémon Cochon Feu piétine sur place. Il proteste !

— Gruik ! Gruik !

Et tout à coup, il s'agrippe au mollet de Sacha ! Don George éclate de rire.

— On dirait que Gruikui a choisi son nouveau Dresseur.

— Moi ? s'écrie le garçon, stupéfait. C'est sérieux, Gruikui ? Tu souhaites me suivre dans mon voyage ?

— Gruikui !

Sacha le caresse avec affection.

— Hourra ! J'ai un Pokémon de plus dans mon équipe ! Je sens qu'à nous tous, on va faire

un malheur aux Combats d'Arène !

Sacha, Iris et leurs Pokémon reprennent la route d'Ogoesse. Ils savent qu'ils vont vivre une formidable aventure, là-bas ! En revanche, ils ignorent que la Team Rocket les y attend déjà de pied ferme...

Fin

Le Gruikui de Sacha

Type :
Feu

Attaque préférée :
Flammèche

Ce pauvre Pokémon a été abandonné par son ancien Dresseur après avoir perdu un combat. Touché par son histoire, Sacha l'adopte immédiatement ! Et Gruikui trouve en Sacha le Dresseur idéal. Mais attention : le Pokémon Cochon Feu a un caractère bien trempé et n'est pas toujours de tout repos !

Le voyage de Sacha
est loin d'être terminé !
Retrouve le Dresseur
dans le prochain tome :

Le combat
de Sacha

Sacha et Pikachu partent
enfin pour Ogoesse afin de
disputer leur premier
combat d'Arène.
Et ça commence
fort : ce n'est pas un
mais trois adversaires
que Sacha va devoir
affronter.
Le garçon sera-t-il
à la hauteur ?

Pour en savoir plus, fonce sur le site
www.bibliotheque-verte.com

As-tu lu la première histoire de Sacha et Pikachu ?

Le problème de Pikachu

Tu as toujours rêvé de devenir
un Dresseur Pokémon ?
Tu as de la chance :
grâce à cette nouvelle histoire,
tu vas pouvoir faire tes preuves.
Tu es prêt ? Cette fois-ci
c'est à *ton tour* de tous les attraper !

TABLE

Photogravure **Nord Compo** - Villeneuve d'Ascq

Imprimé en Roumanie par G.Canale & C. S.A
Dépôt légal : octobre 2012
Achevé d'imprimer : mai 2019
20.3064.1/22 ISBN : 978-2-01-203064-0
Loi n° 49956 du 16 juillet 1949
sur les publications destinées à la jeunesse.